KB037597

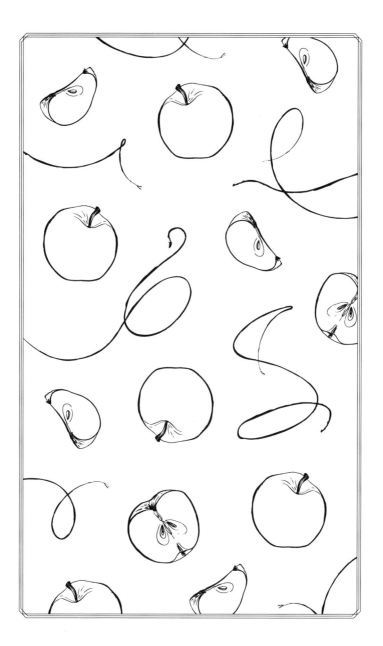

아침달 시집

당신이 오려면 여름이 필요해

민구

시인의 말

한 사람에게

2021년 3월
민구

차례

1부

2부

3부

발문

1부

신작

새로 쓴 건
시가 되지 않았다

새로 만난 이도
오래가지 않았다

처음 보는 사람은
여전히 낯설고

모두가 감동했던 영화는
세트장을 완벽하게 옮겨놓은
작은 상자 같다

어제는 어떤 옷을 입을지 고민하다가
쓰지 않는 그릇을 밖에 내놓고
스르르 잠이 들었다

한 번도 신지 않은 양말은
꿈속에서 발을 구르고

방 안에만 있던 오늘은
왜 이렇게 저리는지

나는 멀쩡한 무릎을 주무른다

내일 아침에는
벼룩시장에 갈 것이다

앵무새를 꺼내놓고
당신이 할 말을 외우고 있는
이 새가 팔리기를 기다려야지

날씨가 좋으면
바다가 한 줄씩 차오르고

당신은 파도 너머로 튀어 오르는
서퍼를 볼 수 있을 것이다

여름

여름을 그리려면 종이가 필요해

종이는 물에 녹지 않아야 하고
상상하는 것보다 크거나
훨씬 작을 수도 있다

너무 큰 해변은 완성되지 않는다
너무 아름다운 해변은
액자에 걸면 가져가버린다

당신이 조금 느리고
천천히 말하는 사람이라면
하나 남은 검은색 파스텔로
아무도 오지 않는 바다를 그리자

당신의 여름이 기분이거나
기억에서 지우고 싶은 여행지라면
시원한 문장을 골라서 글로 쓸 수 있는데

여름이 오려면 당신이 필요하다
모두가 숙소로 돌아간 뒤에
당신이 나를 기다린다면 좋겠다

파도가 치고 있다
누군가는 고래를 보았다며 사진을 찍거나
주머니에서 만년필을 꺼내겠지만

고래는 너무 커서 밑그림을 그릴 수 없고
모래는 너무 작아서 부끄러움을 가릴 수 없다

바다가 보이는 방에서 두 사람을 기다린다
그들이 오면 여름은 지나가고
방문을 열면 해변이 사라져서
나는 아무것도 못 그리겠지

그래도 당신과
오리발을 신고 있겠지

우나기

죽은 동생이 말했어
나 엄마 배 속에 있다고

너에게 무슨 말을 할까
눈을 뜨면 눈썹에 낚이는 물고기들

나는 심장을 뛰게 할
단 하나의 이름을 고민한다

우리가 태어나고 사라지는 것이
당신의 뜻이 아니라면
강물을 휘젓는 음산한 바람이
신의 헛기침이 아니라면

아무것도 빼앗지 않고 아무런 기대에 응하지 않고
네가 아니면 나여도 좋을 이름을 다오

기도하던 두 손을 펴고 손바닥에 적힌 이름을
물에 띄워 보낸다
그것은 삽시간에 번지거나
까맣게 익어서 떠오른다

오늘 아침, 빛의 지느러미는
바다에서 강으로 오고
다시 강에서 바다로 흘러간다

작은 파도를 따라가는 커다란 파도

나는 잠에서 깨지 않은 어둠을 발로 툭툭 차며
침수식물이 가득한 늪에서
힘겹게 걸어 나오는 소년을 본다

일 분이 되기 전 영원한 오십구 초

순간이라는 말을 사전에서 찾았다

'아주 짧은 동안'

소리 내서 발음하자
두 번은 없다고 누군가 말해주었다

소리 내서 발음하자
한 번뿐이라고 누군가 대답해주었다

그것은 일 분 뒤면 사라질 것같이 굴다가
오랫동안 귓가에 맴돌았다

땅에서 올라온 새싹 한 줄기

네 이름이 뭐였더라?
나는 순간이라고 이름을 붙이고
영영 잊어버렸다

그런데 어느 날 기다란 나무가 마당에 서 있는 걸 보곤
놀라서 웃고 말았다

오늘 아침, 이곳에는
한여름인데 겨울바람이 분다
바람에 실려 온 냄새가 기억나서
무심코 너의 이름을 부른다

너는 응? 하고 대답하는 대신
노트를 펼쳐주었다

나는 순간으로 시작되는 문장의 편지를 쓰다가
깨끗이 지우고 드라이플라워를 만지작거렸다
그리고 어제보다 더

좋은 향기가 난다고 적었다

🌙 리처드 브라우티건, 『미국의 송어 낚시』

그는 거기에 있겠다고 했다

초등학교 5학년 때 동네 속셈 학원에 등록했다. 원장 선생님이 내 이름이 뭐냐고 물었다. 민구요. 그럼 성은? 민이요. 선생님은 또래 아이들이 있는 강의실로 나를 데려갔다. 그러고는 말했다. 자, 모두 주목. 오늘 우리 학원에 새로 들어온 민민구 학생을 소개할게.

나는 수업료 봉투에 적힌 이름을 가만히 쳐다보았다. 재현학원 5학년 민민구. 세상에 없는 이름. 그것은 인명사전에서 찾을 수 없었다. 이민구, 신민구, 한민구는 존재하지만 민민구는 이 나라 사람의 이름이 아니었다. 나는 그런 이름이 있다면 전화라도 걸어볼 생각으로 전화번호부를 뒤적거렸다. 민민규. 비슷한 이름이다. 그가 인천시 동구 송현동에 살고 있다는 사실에 위안을 받았다.

영구, 맹구, 망구, 탁구. 사람들은 나를 별명으로 불렀다. 야구, 마구, 빡구, 황구. 한 번 쓰고 버리는 별명도 있었다. 어느 날 친구가 물었다. 네 동생 이름이 뭐야? 민팔. 정말? 경미. 서울 경 자에 아름다울 미라는 뜻이야. 그럼 민구는 무슨 뜻인데? 일의 자리 중 가장 높은 숫자. 나는 그 이야기를 SF 소설을 쓰는 조섭에게 들려주었다. 그는 미국으로 돌아갈 때까지 나를 미스터 나인이라고 불렀다.

올해 백범일지 독후감 장원은 우리 반에서 나왔다. 나는 그 상을 한 번 받아야 할 운명 같아서 기쁘지 않았다. 문학 선생님은 내 이름을 어디로든 굴러가는 바퀴라고 근사하게 풀이해주셨지만 더 기억에 남는 건 한문 선생님의 수업이다. 여흥 민 씨는 드문 성이지. 여흥은 여주의 옛 지명인데 고려 중엽에 들어온 사신이 여흥에 정착해서 생긴 것으로 옥편에서 찾아보면 민망할 민이라는 뜻. 너는 아홉 번 민망할 거야.

김민구, 구민구, 독고민구. 나는 아홉 명도 넘는 민구들을 만났지만 서로 민망한 걸 확인한 것처럼 그들과 더 가까워지지 않았다. 누군가 내게 본명이냐고 물을 때나 가명 한번 잘 지었다고 할 때면, 사라진 민구를 찾는 흥신소 직원처럼 거울에 비친 내 얼굴을 만져보았다.

만약 신 씨 집안에서 태어났다면 게 맛을 알았을까? 오래전 어머니에게 개명을 해달라고 부탁했었다. 새로 쓸 이름의 후보들을 수첩에 적으며 민구와 이별할 준비를 마쳤지만 그는 오지 않았다. 똑똑해 보이는 민지석 씨가 기다려도, 단단해 보이는 민준기 씨가 여러 번 시계를 쳐다봐도 그는 오지 않았다. 그는 거기에 있겠다고 했다. 해안가의 갯강구가 다 사라질 때까지. 하얀 마음 백구가 다시 깊은 잠에 빠져들 때까지.

루브시엔의 사과 도둑

여름 별장이 있는 과수원에 대해 이야기하면
아버지는 귀농을 할 거냐고 묻지만
나는 모두 잠든 밤, 서랍에서 꺼낸 도화지에
네모난 미닫이문을 그린다
그리고 이불 속으로 사라진다

문을 천천히 밀면 불어로 인쇄된 신문이 떨어지는데
팔베개를 한 개가 멍, 하고 짖어서
나도 흠흠, 헛기침을 하곤 한다

나는 빵모자를 쓴 테오가 자줏빛 나무 사이로
녹슨 페달을 밟으며 사라지는
월요일을 더 좋아하지만

오늘 일요일, 시계는 울리지 않고
아침부터 도랑에 물이 흐르는 과수원 길에는
전지가위를 든 사람들로 분주하다

"Salut." 어디선가 바람이 불고
"Comment allez-vous?" 나의 목소리는

떠도는 바람처럼 가늠할 수 없어

그들이 마주보며 무슨 소리 못 들었어? 하고 얘기할 때
어린 사과 하나를 호주머니에 넣는다

오동나무 평상이 있는 과수원에 대해 이야기하면
어머니는 흙을 밟고 사시게? 하며 깔깔깔 웃지만
나는 수저를 놓고 방으로 들어와서
루브시엔의 먹구름을 지우개로 문지른다

어제는 비가 내려서 서랍에 물이 고였다

때 아닌 소동으로 다홍색 물감이 흘러내렸고
장판에 굳은 껍질을 하루 종일 닦아내느라
사과 도둑처럼 손이 저렸다

메모리얼 스톤

개가 죽으면
그 뼈를 녹여서
돌로 만들 수 있다고 한다

돌에 색을 입힐 수 있고
살아 있을 때 쌓은 추억을
유리병에 담아둘 수 있다고 한다

산책을 좋아하는 개라면
손가락에 낄 수 있고
걷지 못하는 개라면
목에 걸고 다니면 되겠지

우리 집에 살던 녀석은
똑똑했다고 하던데
내가 보기엔 지능이 모자랐다
자기가 죽은 줄도 모르고 있으니

개가 죽으면
동물의 출입을 금지한
마트와 식당에 함께 갈 수 있다

네가 죽었을 때
우리는 돌로 만들지 않았지만
언제든 목욕탕에 같이 갈 수 있었다

대관람차도 타고
저가 항공이었지만
비행기에서 아주 멋진 풍경도 보았지

그리고 거리의 강도가
손들라고 말했을 때에도
둘 다 겁이 많아 가슴이 철렁한 거지

네가 손을 주지 않아서 좋았다

과수원에 간다

과수원은 사과 안에 있어

과수원을 보겠다고
우르르 몰려가면
사과가 떨어질지도 몰라

채광창이 부서지고
쏟아지는 빛으로
성곽이 무너져버리겠지

사과에는 옛 시가지
한눈에 들어오는 붉은 투구

나는 바둑판 모양의 골목과 도로를 지난다
둥근 지붕을 올린 교회에 이르러
무르익어가는 과수원을 본다

사과가 추락해서 시간이 쏟아지면
화산이 폭발할 거야

사과 변두리에 있는 여관에서
투숙객이 뛰쳐나올 거야

그러니 그들이 놀라지 않게
그것이 흔들리지 않게
혼자서 과수원에 간다

서두르지 말자

사과로 가는 다리가
뚝 끊어질지도 모르니

백조의 호수

호수는 백조가 마셨다

백조는 호수를 삼키고
공원에서 산책하는 사람들을 삼키고
자기까지 꿀꺽 삼켜버렸다

백조를 안고서 집으로 왔다
배를 갈라보니 호수는 없고
콩팥과 염통과 모래주머니가 나왔다

모래주머니를 반으로 가르자
심장이 뛰고 있었다

나는 그것을 꺼내서 만지작거리다가
제자리에 놓고 봉합했다

하지만 백조는 깨어나지 않았다
세인트 핀 바레스에서 참회를 하고 풀밭에 묻었다

다음 날 무덤이 사라지고
백조가 있던 자리에 물이 차올랐다

더운 바람이 잔물결을 일으켜서
소멸한 지도를 펼쳐 보였다

쪽빛조차 없는 깨끗한 호수였고
한나절이 지나도록 다녀가는 이 없어

창 너머로 졸졸
물 흐르는 소리만 들려왔다

영구 없다

영구 없다를 영어로 쓰면
Where is Young gu?
어디에 있는지 궁금하다면

그는 정원에 있다
그는 정원이 뭐냐며 내게 의미를 묻고
나는 영구가 된 것처럼 어리둥절하다

크다, 예쁘다, 냄새가 좋다, 엄마가 보고 싶다고
영구가 신이 나서 말하면
정원은 크고 아름다워지고

이곳이 사람도 사랑도 없는
외로운 공간이라는 걸 깨닫는다

깨달음은 오래가지 않는다
그건 영구에게 깨지기 쉬운 그릇
나는 그릇을 깬 이가 누구인지 궁금하지 않고
그는 해맑은 얼굴로 정원사에게 다가가
여기 아저씨 거예요? 하고 말한다

영구, 여긴 당신이 들어오면 안 돼

정원사는 하던 일을 놓고 그에게 말하고

시무룩해진 영구는 색시랑 와야 하는데… 말끝을 흐리다가
오늘 우리 아부지 환갑 잔치였지
띠리리리띠리 하고 집으로 간다

나는 정원이 필요하고
정원사는 일자리가 필요하다
여름이 없고 겨울이 없고 싹이 말라버린 벌판에서
어떻게 영구를 찾을까, 그는 보이지 않고

모자라고 촌스럽고 나사가 하나 빠진 것 같은 더벅머리의 남
자를 만나서
그에게 영구냐고 묻는다면
당신은 땡칠이 친구

영구를 부르면 영구 없다는 소문이 들리고

핸드 프린팅

사람들의 손이
한쪽 벽을 가득 채우고 있었다

모르는 이름들 가운데
아는 이름을 발견할 때도 있었지만
그의 영화처럼 삶이 행복하지만은 않겠지

갑자기 떨어지는 비를 피하려고
가까운 천막 아래로 가서
내 손바닥을 만져보았다

손금을 봐준 사람들은 한결같이
나에게 직업 운이 있다고 했다
너는 손으로 먹고 살 운명이라고
큰손이라서 큰일을 낼 거라고

그렇게 말한 스님 앞에서
일곱 살 때 도둑이 되는 상상을 했고

한 역술인은 말했지
자네는 결혼을 여러 번 할 거야
자식을 몇 명이나 낳게 되는지

몸의 어디가 안 좋은지 자세히 알려주었는데

손을 보면 다 알 수 있나요?
나는 묻고 싶었지만

나이가 들면서 한 번이라도 하기 어려운 게
결혼이라는 걸 알게 되고
살다가 안 맞으면 갈라서는 게 맞고
어느 날 총각이 아버지 소리를 들어도
침착해야겠구나 생각하며
각오하듯 주먹을 쥐어보는데

쓸쓸했던 거리에는
다시 사람들이 모여 있다

남의 손에 자기 손을 포개는 사람들
누군가는 고인이 된 배우의 손바닥을
죽은 연인의 입술을 어루만지듯 천천히 쓰다듬는다

나는 배가 고파서 햄버거를 하나 주문한다
주문을 받은 남자에게 마음속으로
저 세 번 결혼할 운명이래요, 말을 걸지만

돌아오는 대답은 거스름돈 십 센트

손바닥을 닮은 단풍잎들이
핸드 프린팅을 하느라 시끄러운
이곳은 영화인의 거리

차가워진 손을 주머니에 찔러 넣고 걸었다
소나기가 지나간 투명한 하늘을 만지며
운명도 없이 큰일도 없이 오래 걸었다

거울 속의 신

머리를 깎다가 알았다
주인이 이발비를 깎아주고 있었다는 걸

거울에 비쳤던 것이다
돈을 덜 받았던 것이다
나는 아주머니에게 가격이 올랐냐고 묻지만
원래 그렇다 하시고

그럼 왜 만 원만 받았냐고 물으니
숱이 없어서 금방 한다고

감사하다 할 수도 없고
지난 이 년간 내가 깎은 돈을 모아서
박카스를 사드리면 어떨까
셈을 해보니 계산은 또 안 되고

머릿속에 굴러다니는 빈병들을 치우며
고맙다고 하면 될 것을

그런데 머리카락이 없는 게
누구에게 고마워해야 할 일인지
창피해서 얼굴이 화끈거리는데

아주머니가 머리를 감겨주는 동안
목덜미의 샴푸처럼 보잘것없는 서운함이
깨끗하게 씻겨 나가고

찬물로 머리를 감기시는 이유가 있었다
염색을 하고 싶다고 말하면
대꾸를 안 하는 이유가 있었다

머리숱이 적어서 창피하다
이렇게 빨리 마르는 게 이상하다
당신이 나를 만들다가 졸았을까
미용실 문밖을 나오며 십자가를 쳐다본다

늦은 밤 집에 돌아오다가 알았다
미용실이 문을 닫았다는 걸

아주머니에게 어머니라고 부르며
기다리는 동안 커피도 타서 마시고
동네 사람들 얘기에 맞장구도 치며 정이 들었다

새로운 미용실에 왔다
머리를 깎으려고 자리에 앉았다

그때 우리도 쉬어야 하지 않겠냐고
누군가는 땡 잡은 날도 있는 거 아니냐고
거울 속의 신이 머리카락을 만지며 내게 물었다

원하는 스타일 있어요?

유일

무거운 쪽이 지는 거야

더 사랑하는 사람이
가라앉는 거라고

사랑을 하지 않는데도
내기에서 지고 회사에서 지고
학을 접을 줄도 모르면서
이번 생은 다 접고 싶다고 말하는 친구와
함께 저녁을 먹는다

술에 취한 친구가 묻는다
너 좋아하는 사람 없냐

좋아하는 것과 사랑하는 것은 무슨 차이일까
오예스와 초코파이 중 어떤 게 달달한지 묻는다면
나는 몽쉘이라 말하고 싶어서
입이 근질거리는데

그는 탁자에 엎드려 잠이 들고
나 혼자 밥 한 톨 남김없이 공기를 비우다가
낱말 하나가 고통의 모든 무게로부터

우리를 해방시킬 거라고 주장한
정신 나간 철학자의 말을 떠올린다

어떤 이는 자신을 아끼는 것이라고 말한다
또 어떤 이는 타인을 위하는 것이
가장 위대한 사랑의 업적이라고 말하지만

나는 모른다 내가 무엇을 원하고
무엇을 기다려야 하는지

시를 사랑하면 버림받을까
한눈을 팔면 벌을 내리나

가능하다면 내가 아는 기쁨을 나누고 싶다
글을 통해서 아름다운 것을 말하고
가치 있는 삶에 대해 이야기하고 싶다

만약 그것이 가능하다면
죽은 이의 앞에서 떠들지 않고
아파하는 사람들을 위해 기도하고 싶다

하지만 사랑이 부족하다

하늘 높이 떠오른 사람들을
지상으로 내려오게 할 능력이 없다

바다가 보이는 비밀의 언덕
신기한 새들이 쉬었다 간 나무에
하루 종일 기대어 있어도
한 줄도 쓰지 못하고 돌아올 때

한 사람만 떠올린다 하나만 생각한다
우리는 누가 이길까

잠수부는 사랑하고 있을까

나의 시인

오늘은 너도
시가 된다는 것

너는 가장 달콤한
시라는 것

나는 제과점 앞을 서성이며
주머니 속의 동전을
만지작거리다가

케이크의 나라

초코와 라즈베리를 바른
도시를 가로질러
공항으로 간다

캄캄한 섬에 내려서
아무도 없는 상점의 유리창을 깨고

받으쇼, 탈탈 털어 동전을 내놓고
초를 꺼내서 불을 붙인다

비밀이 있다면
그것이 단 하나라면

오늘은 너도
시가 된다는 것

너는 가장 따뜻한
비라는 것

처음 만난 당신이
나의 시인

점

점은 늘어나거나
줄어든다

그것은 번지고
필요하다면
증발할 수 있다

점은 벌써 여러 번의 수학 시험을 통해서
내가 반드시 틀린다는 것을
증명해주었다

여름휴가 때 친구들과 찾아간 검은 해변
그곳에서 나는 흰 점을 보았다

너는 흰점박이물범인가
쌍놈, 니 에미다
점은 싸가지가 없다
그는 물에 떠 있는 악마다

어느 날 과일 가게에서
충혈된 점을 보거든 피하는 게 좋다
당신이 내 친구라면 말하겠다

그것을 기억에서 지워버려야 한다고

나는 태어날 때부터 점에게 끌렸다
서툴지만 고백도 했다
당신을 처음 본 순간부터
망했어요

점은 웃는다 날아와서 머리에 박힌다
이마에서 피가 흐르지만 죽지 않을 것이다

점은 저주받았다
더 이상 하고 싶은 말이 없다
하지만 여기에 점을 찍는 건

멍청한 짓

2부

이어달리기

이다음에는
너의 개가 될게

다음 생이 있다면,
죽지 않는 나라에서
계속 살아야 할 운명이라면

이다음에는
너의 개가 될게

더 벌어지지 않는다면,
지구를 한 바퀴 돌아서
네가 나를 따라 잡는다면

우리는 서로의 거리를 잊고
각자 어울리는 이름을 새로 지어주자

불 꺼진 조그만 방에서
누가 개인지 사람인지 모르고
쿨쿨 기대 잠든 환한 등짝처럼

사람의 나이로 깨지 않는 꿈을 꾸자

이다음에는
너의 개가 될게

하지만 다음 생이 있다는 건
뻔한 드라마 같은 일

내가 넘어져도
뒤도 안 돌아보던 네가
오늘은 옆에서 꼬리를 흔들고 있다

살아 있는 개처럼
긴 트랙을 전력으로 질주한 선수처럼
피곤한지 크아아아

하품을 하고 있다

증발하는 세계

물 한 방울에는
해변이 있다

울창한 소나무 숲과
섬 전체를 둘러싼 갈매기가 있다

또 물 한 방울에는
갈매기가 몇 번씩 긁고 지나간
단단한 하늘이 있겠지

비가 내린다
우산을 꺼내면 그치는 변덕스러운 비
그 가운데 중력을 무시하고 떠 있는 물방울 하나

어느 날 창문 너머로 눈송이가 들어와서
새끼 고양이처럼 갸르릉거리며
훔치고 싶은 색으로 빛나는 것을 보았다

물 한 방울은 구름을 뚫고
항공기가 날아와도 미동이 없다

비행기가 활주로에 닿을 때

파라솔 아래 누운 남녀는
먼 우주로 가고 싶다고 말한다

나는 걸레로 바닥에 떨어진
물 한 방울을 훔친다
그리고 낱장의 편지지를 꺼낸다

그곳에서 당신이 밤하늘을 바라보면
이렇게 적겠지, 가만히 있어요

물 한 방울이 마를 때까지

비밀이 있어

나는 태어나지 않았지

우리 엄마도
할머니의 할머니도
태어나지 않았다는 것

이들은 모두
조그만 알 속에 있어

알은 줄었다가 늘어나고
다시 작아졌다 커지곤 해

달걀을 팔아서 부자가 된 사람도
지금 알에 들어가 있지

한번은 알을 가지고 놀다가 깨져서 울었어

그건 꿈
하지만 꿈 깨라는 말은 하지 않아
꿈에서는 접시를 깨고
관계를 깨도 혼나지 않았으니까

나는 약속은 깨지 않았어
중요한 건 알과 나
우리 둘의 약속

내 등에 몽고반점이 있듯이
아무도 보지 못한 알, 네 등짝에도
접었다 펼 수 있는 물의 지도가 있다

나는 태어나지 않았지

손바닥에 태양이라고 쓰면
모든 곳의 그늘이 한꺼번에 사라질까 봐
우리는 서로의 비밀을 지켜주며

영영 어두워지기로 했다

정물

　잠깐만. 밖으로 나가는데 심사위원이 나를 불렀다. 수상은 못했지만 선물을 받아가라는 거였다. 모두가 아담과 이브에 대해서 썼다고 했다. 장원을 받은 학생은 화가 지망생이던 할아버지를 소재로 시를 썼다며 문장이 너무 매끄러웠다고 말해주었다. 동생한테 사과한 내용을 글로 쓴 학생은 없다고 했다. 누가 쓰겠는가. 하지만 내겐 사과로 파리를 놀라게 하겠다는 세잔보다 어제 싸운 동생과 극적으로 화해했다는 사실이 더 놀라웠다. 상품으로 받은 CD 플레이어는 일주일 만에 고장이 났다. 부품을 구할 수 없으니 가져가라고 전파상 주인은 말했다. 그리고 이십 년이 지났다. 나는 우연히 한 대학에서 문학을 전공하는 학생들을 대상으로 시 쓰기 강연을 할 수 있었다. 준비한 내용은 생략하고 학생들과 노닥거리다가 강연이 마무리될 즈음에 주로 어디에서 시의 소재를 찾느냐는 질문을 받았다. 마침 아침에 먹은 사과가 떠올랐다. 여기 사과가 있어요. 보이는 사람? 한 사람이 손을 들었지만 사과는 내 배 속에 있어서 보이지 않았다. 어떤 걸 써야 할지 모를 땐 그냥 눈을 감아요. 그럼 사과가 보여. 나무에 매달린 사람들, 꽃이 피는 계절에 결혼하는 신부들, 어떤 사람은 뉴턴이나 스피노자, 합격 사과를 먹으면 인생이 달라진다고 말한 홍천의 과일 장수를 떠올리겠지. 맥북 쓰세요? 그럼 배보다 사과. 사과에 감정이 없다고 반문하는 사람이 있어요. 맞아. 하지만 누군가는 감정을 느껴요. 그건 즉흥이었지만 실은 오래전 내가 배웠던 사실들에 더 가까웠다. 그때 한 학생이 고개를 들었고 나는 그에게 물었다. 세잔은 사과를 좋아했을까? 죄송합니다, 저는 사과를 좋아하지 않아요. 학생들이 하하하 웃었다. 엉뚱한 대답이었다. 나는 오래전 백일장에서 낙방하고 돌아온 이야기를 하며 소재는 중요하지 않은 것 같다고 말했다. 미술관에서 세잔의 그림을 실제로 본 건 몇 달 뒤였다. 역사상 가장 유명한 사과였지만 그건 사과가 아니었다. 빛깔도 향기도 없고, 아무런 감동도 없었다. 뒤의 남녀가 순서를 기다려서 그들이 감동을 느끼도록 나는 사과를 두고 자리를 빠져나왔다. 주머니 안에는 한 알의 사과가 있었다. 그것은 값을 치르고 그림을 본 사람들이 받는 일종의 기분이었지만 세잔의 것과 달리 말랑말랑했다. 나는 사랑하는 사람을 떠올렸다. 자식의 머리 위에 사과를 올리고 활을 쏜 빌을 생각하며 봄의 광장에서 부서지는 빛을 보았다.

주변의 모든 것

주변을 둘러보면
익숙한 것들

덜 자란 화초
오래된 야구 글러브
독일에 다녀온 친구가 선물한
폭스바겐 모형 자동차

그들은 어울리지 않아서
언제나 조용해

나는 책을 덮고서 눈을 감는다

그리고 나의 주변,
책상 언저리에 있던 모형 자동차가
중립 기어를 푸는 걸 보고서 흐뭇해진다

미래에게 쓴 편지가 오지 않은 이유
크리스마스 양말 한 짝이 사라진 이유
그리고 그 사람이 내 곁에 없는 이유를
말로 설명할 수 없다

깍지 낀 손 안에 있던 사랑과
주머니에서 꿈틀대던 우정이
이제는 나를 쥐고 있다

금이 간 유리잔에는
햇볕이 고스란히 담겨 있는데
너는 왜 쏟아지는 것들의 이름을 떠올리는 걸까?

건조대에 세워놓은 접시는 말한다

여기 빛나는 게 있다고
흐르는 빛을 닦아달라고

머랭

머랭을 먹었는데
내가 사라지고 없었다

나는 사라졌는데
누군가는 악수를 청하고

나는 여기에 없는데
일곱 시에 일어나는 하루가
반복되고 있었다

머랭을 먹은 후부터
기억하고 싶은 모든 것이 살살 녹았다

약속 시간에 늦어서
중요한 미팅을 날려버리고
밤새 적은 사랑의 편지는
옛 직장 대표에게 날아가버렸다

머랭을 만들려면 설탕과 달걀흰자
그리고 약간의 향료가 필요한데
향은 취향에 맞게 고를 수 있어서

모카를 넣으면 로티번 맛이 나고
초코쿠키를 넣으면 오레오 맛이 난다

당신이 만든 머랭은 너무 달다
내가 구운 건 아무런 맛이 안 난다

소수의 파티시에만이 그것을 만들 수 있다
그러나 이 많은 군중을 모아놓고
너희 가운데 누가 진짜냐 물어봤자
머랭? 하고 허무한 대답만 돌아올 뿐

향을 구하러 시장에 갔다
머랭을 먹고 실종된 사람을 만났다

나는 무슨 맛을 먹었냐고 물었다
그가 알려준 재료를 받아 적었지만
이 세상에서는 구할 수 없었다

행복한 꿈속의 양털로 짠 이불처럼
한번 차내면 덮을 수 없었다

카나리아

새가 죽었어

죽은 새는 밤에 울고
낮에도 우는구나

그것은 살아 있을 때보다
아름답게 지저귀는 것처럼 보인다

소리에 목숨이 있다면
그것이 우리와 함께 슬퍼할 수 있다면

내게 맛있는 벌레를…
누군가 중얼거렸다

죽은 새를 치우고
반듯하게 윤이 나는 새장에
카나리아를 넣어주었다

그것은 시름시름 앓다가 죽어버렸다

새가 아닌 것이
새처럼 보이는 것이

빈 새장 안을 날아다녔다

문을 열어도 나가지 않았고
밖에 내놓아도 가져가지 않았다

그것은 나를 바라보았다
휘파람을 불 때였다

보이지 않는 정원

　자연발화하는 정원이 있었다. 공원을 만들려고 땅을 파는 과정에서 불길이 치솟은 걸 본 인부들은 이곳에 상당량의 천연가스가 매장되어 있다는 사실을 알고 안심했다. 시 관계자들은 공사를 중단하고 긴급회의에 들어갔다. 조사를 통해서 얻은 결론은 매장된 가스가 한 달 뒤면 소멸하니 공사를 재개할 수 있다는 것. 그러나 한 달이 지나고, 석 달이 지나도 불은 꺼질 줄 몰랐다. 소문을 듣고 사람들이 찾아왔다. 고백을 앞둔 남자는 이곳이 타오르는 마음을 보여주기 좋은 장소임을 깨닫고 부산에서 차를 몰았다. 그리고 얼마 안 가 여자와 헤어졌다. 이 동네에서 좀 논다는 학생들이 정원을 우정의 성지로 여겼지만 한 장의 사진만 남긴 채 기숙사로 흩어졌다. 어떤 사진작가는 하루 전에 내려와서 주변을 둘러보았다고 했다. 그는 어둠이 깔리고 나서 프레임에 담길 한 컷을 고민했지만 불길은 밭에 난 베트남 고추처럼 작고 평범했다며 아쉬워했다. 노숙을 하는 사람들도 있었다. 배가 고파서 감자를 구웠으나 감자는 익지 않았다. 누군가는 아예 삼겹살 타운을 세워서 불타는 거리로 만들자는 의견을 시에 제안했지만 답이 오지 않았다. 정원은 사람들의 기억에서 서서히 잊혀졌다. 그 무렵 나는 지방 출장을 마치고 서울로 돌아가던 길이었다. 특별한 정원이 있다는 소식을 듣고 그곳을 방문했다. 그것은 타오르고 있었다. 그것은 홀로 위풍당당하게 도시의 심장처럼 두근거리고 있었다. 타는 물질 없이 솟은 불길은 심장 없이 살아 있는 모조 새 같아서 그것을 종이에 옮겨보았지만 그렇다고 글이 되는 건 아니었다. 나는 주변의 나무들을 만져보았다. 그것은 손을 뻗으면 나무가 되기를 포기하고 불붙은 전봇대처럼 뜨거워지려 했다. 하지만 망상일 뿐, 집으로 가는 길에 힘들게 키운 한 줌의 불길을 비벼 끄며 나는 보았다. 아무도 없는 정원을.

사이드웨이

와인은 사라지는 것
거품 같은 것
내 것이 아닌 것

와인은 살아 있는 것
어제와 오늘이 다른 것
해줬으면 하는 거짓말

혼자 마시는 싸구려 와인은
포도밭이 보이는 국도

깨끗하게 비운 와인 잔은
포도밭이 사라진 국도

낯선 사람과 나란히 앉았다
나는 빈 병을 기울여서
화이트와인을 따라주었다

그는 달콤한 것을 마신 사람처럼 미소 지었다
기분 좋은 것을 삼킨 것처럼
주변을 둘러보았다

한 방울도 남기지 않고
깨끗하게 비운 와인 잔에는

누군가에게는 일 분
때론 일 초 사이에 끝날 한 모금이
아직 찰랑거리고 있었다

거울

우리는 사라지지 않으려고
그것을 번갈아 들었어

그런데 마음속으로 하는 말을
하나부터 열까지 세느라
너는 내가 온 줄 모르나 보다

거울에는 저울이 없지만 누군가
지옥까지 가져가라고 한 말의 무게를
그것은 정확하게 재고 정확하게 발설한다

당신이 손거울을 하나 주웠다면
떨어지는 비를 조심하자
부서질까 봐 불안한 건
언제나 내가 아닌가

위에서 본 거울은 유리의 강
만 개의 얼굴이 떠다니고
물속에 손을 집어넣으면
자유롭게 흐르는 감정과 기복을
동시에 느낄 수 있다

거울을 들고 있다
사라지지 않으려고
먼저 들키지 않으려고

이사를 하다가 그만
거울을 떨어뜨렸다
유리 파편을 치우며
내가 나를 밟은 것처럼 서러웠다

거울을 놓친 건 너인가 나인가

떠나려는 마음을 들킨 게
누구인지 아시는 분?

네가 기다렸으면 한다

우리

저녁 식사에 초대받았다
들뜬 마음으로 야자를 샀다

그가 사는 집은 방이 하나였다
방은 하나였지만 창이 커서
들어오는 빛이 꽤 밝았다

어디에도 정원은 없었지만
초저녁 빛이 차갑고 거칠어서
야자를 심기에 좋았다

우리는 화초에 통 관심이 없는 사람처럼
물을 듬뿍 주었다 물이 넘칠 땐
조그만 물고기도 길렀다

밤에는 방파제로 나가서 낚시를 했고
너무 작은 건 바다에 놔 주었다
야자 아래서 사랑을 나누었고
아이가 생기지 않았다

가을 다음 여름이 오고
겨울 다음에도 여름이 왔다

여름에는 폭우에 야자가 떠내려갔다
우리는 떠내려가지 않은
야자 그늘에 살기로 했다

그늘은 밤이 되면 좁아졌다가
해가 뜨면 다시 넓어졌다

죽어서는 그늘 아래 묻혔다

손톱을 먹어요

아가씨, 이 밤에 혼자
손톱을 깎으면 안 돼

깎아서 아무 데나 버리면
그걸 물어간 쥐가 창문을 두드릴 거야

제발 그랬으면 좋겠네
길 잃고 서성이는 생쥐 씨, 여기 좀 봐

내 손톱을 깨물어 먹어요
오늘부터 나로 살아요

나 대신 서가를 정리해주세요
부모님께 용돈을 드리고
멀쩡한 사람을 만나서 결혼을 하고
고양이 카페에 가지 않는 아이를 낳아주세요

당신은 모두가 인정하는 사람
나는 가짜, 형편없는 딸이에요

게으르고 무책임하게 하루 종일 늦잠을 잘 수 있다면
오늘밤 신문을 펴고 쪼그려 앉아 손톱을 깎을래

아가씨, 멍하게 앉아서
손톱을 물어뜯으면 안 돼

그걸 물어간 쥐가
대문을 두드릴지도 몰라

누구세요? 반갑게 문을 열면
나는 온데간데 없고

슬그머니 생쥐 하나
물어놓고 사라지는 고양이 한 마리

가을 다음 여름

하얀 조개 속에
검은 해변이 있다

하얀 조개 속을 들여다보면
사람이 없는 풍경

그곳에는 따뜻한 바람이 불고
봄에는 유채가 핀다

나는 신발을 벗고 들판에 누워서
해변의 발자국을 바라본다

발자국은 바닷속을 탐사하고
잠든 내게 와서
어깨를 두드리며 말한다

가을 다음 여름
가을 다음 여름

나른한 탓에 나는 일어나지 않았다
이곳에서 살아도 죽은 체했다

밤이 저물어 가을이 오고
가을 다음에는 또다시 여름이 왔다
그리고 여름 다음에는…

나는 말끝을 흐렸다

가라앉은 배가
떠오르고 있었다

모래의 여자

어제 쓴 시를 보고 있다
촌스럽고 유치하다

어제 쓴 시를 보고 있다
진부하기 짝이 없다

이 좁은 집구석에 지박령이 있다면
내가 잠든 사이에 내려와서
고쳐주고 싶었을 것이다

난로 위의 주전자가 친애하는 벗이라면
얼어붙은 문장에
끓는 물을 쏟을 것이다

집 안으로 들어온 개미가
책상으로 기어간다

개미는 머리 가슴 배
내 시는 진지해
오늘도 부담 백 배

시를 고치려고 자리에 앉는다

빗물을 퍼내려고
바가지를 가져온다

물이 들어오는 구멍을 찾을 수 없다
빛이 들어오는 창을
완전히 가릴 수 없다

하루 종일 모래를 퍼내도
발이 빠지는 해변

나는 떠나지 못할 것이다

기념일

결혼기념일을 맞은 엄마에게
축하한다고 문자를 보내자
답변이 왔다

인생 망친 날

3부

그것이 울었다

　나는 입대한 지 삼 개월 된 이등병이었다. 거꾸로 가는 국방부 시계를 바라보며 야간 행군을 하고 있었다. 삼백 명 넘는 대대원들이 일렬로 행군을 하느라 긴장감이 흘렀다. 누구 하나 다치거나 탈영하는 일이 없도록 통제가 된 가운데 저 앞에서 우로 밀착, 좌로 밀착, 차 지나갑니다, 하는 식의 전달이 왔다. 오면 큰 소리로 복창을 해야 했고 그건 언제나 이등병의 몫이었다.

　비가 와서 길이 미끄러웠다. 내 뒤의 동기는 나보다 한 살이 어렸지만 어딘가 든든했고 사소한 일에도 잘 웃는 씩씩한 친구였다. 그는 귀가 어둡고 말이 느렸다. 그래서 선임에게 혼이 나도 무슨 말인지 알아듣지 못하고 어눌한 말투로 죄송합니다, 하고 얼버무렸다. 잘 웃고 웃기는 그가 좋았다. 초코바를 나눠 먹고 이야기도 하며 갓길을 지나가는데 앞에서 전달이 왔다. 미끄러움, 미끄러움 조심하시랍니다. 그때 잔뜩 긴장한 동기가 갑자기 큰 소리로 외쳤다. 귀뚜라미, 귀뚜라미 조심하시랍니다!

　그는 병원에서 정밀 검사를 받았다. 그리고 바로 제대를 했다. 나오면 꼭 연락하라고 말하던 그에게 한 번도 연락을 하지 않았지만 단풍이 들거나, 무릎 위로 팔짝 뛰어오르는 벌레를 볼 때면 그가 생각났다. 특별한 기억을 나눈 사이는 아니었다. 잘 웃는다는 것, 어깨가 넓고 검은 피부였다는 것, 삽질을 잘한다는 것 정도가 전부였다. 하지만 공사장 모래더미 위에 쓰러질듯이 박힌 삽을 보거나, 귀뚜라미 보일러 앞에 서 있을 때면 그의 얼굴이 떠오르곤 했다. 그날 삼백 명의 군인 중 하나가 빗길에 넘어져서 턱이 나가거나 발을 절게 되어 구급차에 실려 갔다면. 우리는 헐렁해진 군화를 조이며 천천히 걷자고 말했을 것이다.

신발 끈을 조이고 집을 나섰다. 낯선 자리였지만 작가들은 말을 잘했다. 나는 명사수였어. 나는 축구 시합에서 결승골을 넣었어. 그렇군, 나는 북한군과 대치하다가 훈장을 받을 뻔했잖아. 이야기꾼들 사이에서 취기가 오른 채로 이 나라를 구한 저격수들과 리오넬 메시들과 퇴마사들의 경험담을 들었다. 내가 이야기할 차례였지만 귀가 시간이 되어 막차를 놓치지 않으려고 달렸다. 그때 앞에 가던 남자가 계단에서 넘어졌다. 나는 그를 일으켜 세우며 귀뚜라미를 조심하라고 말하려다가 미친 사람처럼 보일까 봐 아무 말도 하지 않았다.

선임 하나가 이름이 민구라 아니냐며 구라를 잘 치게 생겼다고 면박을 준 적이 있었다. 하지만 나는 축구를 잘하는 것도, 총을 잘 쏘는 것도 아니었다. 근무 중에 처녀귀신을 보거나 고라니에게 밥을 준 적도 없었다. 고라니는 어떻게 지뢰를 피해가는 걸까? 지뢰밭에 올무를 놓고 가는 사람들은 대체 누구일까? 집에서 그런 생각을 하다가 마지막 남은 오징어 다리를 입으로 가져가는데, 그것이 울었다.

평범

평범한 꿈이었다

바지는 덜 말랐고 양말은 구멍이 나 있으며
정류장에는 버스가 오지 않았다

열차는 대림역을 지났고
처음 만나는 사람들과 애인보다 바짝 붙어 있었으며
잠시만요, 내릴게요
짜증과 고성이 오가는 아침이었다

꿈에서도 지각을 했다
꿈에서도 출근 시간이 당겨졌다
회사에 오고 싶겠냐고 사유를 적었지만
출처를 알 수 없는 메일을 지우느라 바빴고
여름휴가 계획을 세우며 달력을 넘겼다

점심에는 뽈탕을 먹었다
상사가 좋아하는 메뉴였다
볼을 꼬집으면 아팠고
새로 생긴 카페의 커피는 쓰고 짙어서
여기도 다를 게 없네, 혼잣말을 하던 꿈이었다

적은 월급, 눈치 보기, 부재중 통화
모든 게 그대로인 꿈속에서
여섯 시에 퇴근을 할 거라 다짐했지만
오늘은 월요일, 초과근무를 해야 하고

창밖으로 뛰어내렸지만 죽지 않았다
죽지 못해 살았지만 사는 게 아니었다

빨리 들어오라고 지시하는 사람들과
알아서 기어 나가라고 밀어내는 사람들 틈에서
꿈도 정신이 없었을 것이다

너도 무언가에 쫓기듯
분주하게 이어지고 있었다

누군가

누군가 내게
시인이라고 말하면

어깨가 들썩
기분이 좋았다

그건 시인으로서
끝나버렸다는 거니까

누군가 내 손목의
시계를 보며 물었다

지금 몇 시죠?

나는 두 시라고 말하고
고장 난 시계를 물속에 던져버렸다

물속의 시간은 거꾸로 가서
겨울 바다에 이르렀다
나는 방파제에서 낚시를 하고 있었다

좀 건졌어요?

캠핑 의자에 앉아서
누군가 시큰둥하게 말을 걸었다

그에게 살아 있는 물고기를
한 마리 주었다

그것은 첨벙대다가
손바닥에서 사라져버렸다

얼마나 큰지 어디로 가는지
아무도 알 수 없었다

8월의 크리스마스

크리스마스에
사과나무를 심었어

누군가 몰래 사과를 따도
붉은 빛이 매달려 있는
여름밤

크리스마스에
사슴을 봤어

네가 다 자라 이곳으로 오면
정원은 향기로운 화환
나는 이미 죽은 사람

크리스마스에
카레도 만들었지

양파가 노래질 때까지 볶아서
오래 끓인 카레를
당신과 나누어 먹었다

그릇이 비면

우리는 옛날 사람
여름에 눈사람을 만들고

눈이 녹으면
교리를 잊은 성자의 빗자루처럼
이야기들만이

마당을 쓸고 있을 것이다

이번 역은 사랑시, 비둘기들의 섬

저기서 신하들에게 시를 짓게 했대
시를 못 지으면 유배를 보냈대

너는 물에 뜬 섬을 가리키며 말했다

섬은 겨우 두 사람만 쪼그려 앉을 수 있는 크기였고
잘 하면 세 사람 정도는 서 있을 수 있겠구나
그런 생각을 하며 쓰다가 만 시를 떠올렸다

시의 제목은 비밀의 정원이고
이 시에는 에이버리 이모가 나와
이모는 꽃을 팔 때 슬픈 표정을 짓는데
그건 자기가 꽃을 받고 싶기 때문이지
그리고 누구도 예상하지 못한 비밀이 기다리고 있는데

정원으로 들어가는 길목에서 열쇠를 잃어버리고
나는 이야기를 중단한 채
비밀이 뭘까? 얼버무리다가
시를 모르는 비둘기들이 섬에 갇히는 것을 보았다

부용정에서 섬까지는 고작 십여 미터
물 위에는 조선시대의 단어들과

글이 되지 못하고 부스러진 감상이 빛나고 있다

일 년에 두 번만 개방하는 정원에서
시끄럽게 떠들며 돌을 던지는 소년들과
돌이 날아와도 자리를 뜨지 않는 비둘기들이
동등한 저녁을 맞이하고

나는 목이 말라서 히비스커스를 마시고 싶지만
비밀의 정원에 그런 메뉴는 보이지 않는다

그녀와 양탕국을 한 잔씩 마시며 창밖으로
한복을 입은 외국인이 꽃다발을 들고 있는 장면을 보았지만

울고 있는 에이버리 이모의 뒷모습이 떠올라서
나는 그 부분을 쓰다가 지웠다
그리고 그녀와 손을 잡은 채

비둘기가 임금에게 날아가기만을 기다리기로 했다

도서관은 나른해

도서관에 가면
잠만 잤어요

도서관에 가면
매트리스가 꽂혀 있으니

도서관은 지루해
너무 나른해

창밖의 고양이 한 마리가
서가에 굴러다니는
마시멜로를 쳐다본다

오늘은 졸지 말아야지
나는 기다리던 작가의
신간 소설을 꺼내 읽는다

그런데 이야기가 졸고 있다
별로 할 말이 없다고
내 앞에서 고개를 숙이고 있다

플롯이 깨지 않게

줄거리가 울지 않게
이야기를 데리고 밖으로 나온다

볕이 드는 곳으로 가서 책을 펴면
어디론가 이동하는
소설 속의 먹구름

구름을 따라가면
비를 맞고 있는 사람

우산 사세요, 우산 사세요
그에게 말을 거는 사람

계절

같이 가자, 그림자가 말했다

그림자의 목소리는
사르르 녹아버려서
계절이 지나고 나서야
귓가에 맴돌았다

무슨 뜻이었더라?

나는 앞마당의 눈을 치우다가
한 사람을 태운 버스가 언덕을 넘어가는 걸 보았다
그리고 너와 등을 맞대던 나무 벤치로 가서
신발 한 켤레를 주웠다

그것은 언제나 작거나 컸고
귀에 대면 따뜻한 입김을 뿜었다

버려진 신발 한 짝을 붙잡고
당신인가요, 물을 수 없도록
숲은 고요했다

주변의 잎사귀는 말라 비틀어졌는데

그건 우리가 나눈 이야기가
더 이상 번지지 않고
부서진다는 걸 의미했다

같이 가자, 그림자가 말했다
사방에 눈이 내렸다

맨발로 쏘다니는 눈송이에게 다가가서
백색 가루를 털어내고
내 신을 벗어 주었다

아무도 우리를 찾지 않을 거야

내가 눈을 뜨면
당신은 꿈을 꾸고

당신이 잠에서 깨면
나는 스르르 잠들겠지

너는 고수 잎을 좋아하는 사람
나는 고수 줄기만 뜯어 먹는 사람

시내는 한산하고
일요일에만 여는 장에 갔었지

하나가 과도를 들면
하나는 둥근 사과

하나가 사과를 삼킬 때
하나는 식도를 넘어가는
달콤한 열매, 차가운 여름

눈을 뜨면 바다 위에
당신의 발자국이 보이고

발자국을 따라가면
싸늘한 두 손이 어깨를 감싼다

우리는 죽었는데
또다시 부활하고

어제는 컸는데
이만큼 줄어서

이제 아무도 우리를 찾지 않을 거야

슬레이트 지붕이 보이는 해변

해변에 가서 모래 위에 누우면
거센 바람 잔잔해지고

바다 한가운데 떠오르는
슬레이트 지붕

수평선 너머의 금발 여인을 흘깃 훔쳐보다가
그녀가 도도하게 사라질 때
나는 바닷속으로 간다

여기는 누구네 집이지
석면 지붕 아래를 들여다보면
젊은 부부가 식사를 하고 있다

비가 들이쳐서 곰팡이가 서린 문짝
천장 위에는 커다란 생쥐들

냄새를 맡고 온 오징어가 방충망에 붙어서
겨우 빛이 드는 이곳은
내가 태어나기 전에 살던 집

엄마, 문 좀 열어주세요

창문을 두드리면
여보, 나올 것 같아
여자가 배를 움켜쥔다

나는 방문을 열고 문지방에 서 있다가
숨이 차서 바다 위로 올라간다

해변에 가서 모래 위에 누우면
차가운 바람이 불고

미지근한 바다에 떠오르는
송어 한 마리

우리 집 지붕을 매달고
천천히 강으로 거슬러 간다

당신의 옥수수

결혼은 마라톤
여러분은 출발선에 서 있습니다

손을 잡아주십시오
두 사람은 서로 의지해야 삽니다

요즘엔 주례 없이 신랑 신부가 편지를 읽거나
양가 어른들이 덕담을 해준다는데
주례사는 끝날 줄 모르고
나는 배가 고파서 식당으로 간다

식당은 하객이 없고 말끔하게 정돈되어 있다
그런데 신랑이 부케를 받으면 금실이 더 좋아지지 않을까
이곳에서 식을 올리면 경건할 것 같다

기록적인 폭설로 창밖에는 눈이 내리고
나는 새벽부터 먼 거리를 이동하는
알라스카의 개들을 생각한다

썰매를 끄는 개랑 결혼하면 잘 살 거야
이웃집 개에게 말린 고구마를 주면서
청혼을 하면 받아줄까

사납게 짖는 소리가 들리고

우리나라는 검은 머리 파뿌리
일본 사람들은 사랑을 고백할 때
된장국을 끓여달라고 한다는데

나는 메주콩 알레르기가 있는 건 아니지만
아프리카의 낭만적인 사람들처럼
그대는 옥수수를 자라게 하는 햇빛이고
파도를 잔잔하게 가두는 바다라고
고백할 자신이 없다

하지만 멀리 가야 해
사람들이 떠난 출발선에서
나 혼자 서성이지만 그대는 오지 않고
아직 주례사는 끝나지 않아

식지 않은 음식을 나눠 먹고
서울의 집값이 올랐으니
함께 복권을 긁을까요

당신이 오면

악몽

내가 일어나도
일어나지 않는다

기분이 좋아지는
음악을 틀어도

마음이 차분해지는
그림을 보아도

있는 그대로 관찰하는
방법을 알려주는
책을 읽어도

꿈은 침대 밖으로 다리를 뻗고
편안하게 잠들어 있다

십이월이 지나가고
새해가 밝았다

새로운 일을 구하고
집을 내놓았다

집이 나가도
나가지 않는다

내가 사라져도
사라지지 않을 것이다

바람 한 점 없는 숲에서
흔들리는 나무

스모크

시 한 모금
빨아본다

시 한 모금
털어본다

처음 누군가의 시를 들이마시고
하루 종일 메스꺼웠던 기억

시 한 모금
머금어본다

시 한 모금
명예로운 자살 행위

눈 감으면 알딸딸한 세계
검은 창문을 박살내는 흰 돌

마크 트웨인은 말했지
매일 끊어서 수백 번도 더 끊었다고

오늘은 깨끗이 손을 씻고

너를 만나러 가는 날

글을 끊고 책을 멀리하고
금단 현상을 겪는 이처럼
나는 서점 주변을 서성인다
대답 없는 너에게 편지를 쓴다

하지만 문장은 공중 분해되고
살을 발라낸 꼬리뼈처럼
글자가 굴러다니고

마지막이라니
이 한 모금은

아껴 먹자

버섯이 들려주던 우산의 시

버섯을 먹고 잠이 들었다
그날 밤 우산을 쓴 채
빗속을 걸었다

모든 상점의 불이 꺼지고
캄캄해진 길 위에서
안개가 지나가는 소리만 시끄럽게 들렸다

누군가 미행하는 걸 느꼈지만
비끼리 밟는 것 외에 기척이 없었다

나는 포장도로 끝의
불빛이 보이는 곳으로 걸어갔다

몇 걸음 갔을 때 우산살에 고인 빗방울이 콧잔등에 떨어졌다
빗물을 닦아내자 오래전에 문을 닫은 공간이
내 앞에 펼쳐졌다

그곳은 학교였다
거기에는 글을 가르쳐주는 교사도 없고
평범한 사물이 들려주는 인생이나 가르침 따위도 없었다
그저 얼룩덜룩한 무늬의 축구공이 한산한 목장의 젖소처럼

운동장 한가운데 놓여 있었다

나는 공을 뻥 차버렸다
공은 물웅덩이에 빠져서 멀리 못 갔고
갈라진 공에서 쏟아져 나온 아이들이
내 얼굴로 씨익 웃었다

학교를 지나서 불빛이 새어 나오는 집 앞에 도착했다
그림자는 두어 걸음 물러나서 나무에 기댔다

나는 우산을 펴서 그림자에게 주고
밤의 한기를 느끼며 잠에서 깼다

수도국산

네 식구
단칸방 살 때
도둑이 들었다

자는 척
이불 속에 누워 있는데

고장 난 비디오를
들었다 놨다
들었다 놨다

선이 끊어져서
조용히 나갔다

옆집 아저씨

나는 환생을 믿지 않아

그 개는 죽어서도
꼬리를 흔든다

밖에서 소리가 나면 귀를 세우고
배가 고프면 제자리에서
빙글빙글 돈다

산책을 가자 하면 줄을 깨물고
화가 나면 이마가 빨개진 채
베란다에서 소변을 본다

곱슬거리는 털, 따뜻한 혓바닥
네가 맞구나, 하지만 나는
환생을 믿지 않아

아이슬란드에는 죽은 이를 땅에 묻으면
살아 돌아온다는 묘지가 있다고 한다

나는 캐리어에 작은 개를 담고서
공항으로 가는 상상을 한다

내가 죽으면 얼마나 큰

캐리어가 필요한 걸까

오늘 아침에는 네가 옆으로 와서
한숨을 쉬며 누웠다
나는 친절하게 말했다

우리는 너를 묻었어
죽어도 살아 있는 유령견

집에 오는 길에 간식을 한 봉 샀다

차가 다니지 않는, 사람이 오래전에 사라진
밤거리의 개들에게 나눠주고
그들이 사라질 때까지

천천히 날아가는
비행기를 세어보았다

발문

하나의 이름에게

소유정 / 문학평론가

시집이 꽂힌 책장 앞에 설 때면 언제나 마음이 부풀었다. 안녕하세요, 집 보러 왔어요. 닿지 않을 인사를 건네고 시집의 문을 열면 집집마다 모두 다른 사람들이 살고 있었다. 어떤 집에는 남다른 말맛으로 재밌는 요리를 내오는 사람이 있었다. 만족스러운 웃음으로 다음 집의 문을 열면 그곳에 빛과 계절이 닿은 자리를, 기다리는 이가 있던 자리를 더듬어보는 사람이 있었다. 그의 왼편에 한참을 머물러 있기를 좋아했다. 그런 이들이 사는 집을 좋아했다. 그 집 참 좋더라. 다른 사람들에게도 좋은 집이라고 자주 말하곤 했다. 한번 가보는 게 어때. 직접 문을 열어주기도 했다. 하지만 어째서인지 홀로 시간을 보낼 때면 문득 생각나는 집이 있었다. 오늘은 여기까지야. 좋았던 집의 문을 닫고 뒤돌아서다가도 어느샌가 나는 그 집 앞에 서 있었다. 문고리를 잡고 그 안의 풍경을 그려보는 일이 즐거웠다. 한 칸의 방이 있고, 한 사람이 있을 것이다. 그는 자주 거울을 들여다보고, 종종 책상 앞에 앉아 편지를 쓴다. 시를 쓰는 것일지도 모른다. 그런 모습을 떠올리며 천천히 문을 열었다. 누군가 내게 물었다. 그 집이 좋니? 대답하지 않았다. 그 사람이 마음에 드니? 오래 생각하다가 말했다. 자꾸 궁금하다고.

언제라도 문을 열면 그는 어김없이 같은 모습으로 거울을 들여다보며 이렇게 중얼거리고 있었다. "거울아 녹아라/내가 흐르게/흘러나오게"(「房—거울」, 『배가 산으로 간다』). 비친 얼굴을 바라보며, 어쩌면 그 너머의 누군가를 향해 그는 여러 번 같은 말을 건넸다. 그러던 어느 날 그는 끝내 모습을 감췄다. 텅 빈 방 안에 남은 발자국 같은 문장들을 줍다가 그가 향한 곳이 거울 너머라는 것을 알았다. 그는 거기에 있었다. "이곳에 없는 바다"를 향해, "거울 속으로 걸어가는 이"(「房—거울 너머」)의 뒷모습이 선연했다. 그가 이전과 같은 모습으로 있지 않다는 걸 알면서도 나는 종종 그 집을 찾았다. 불쑥 문을 열고 들어가 그가 그랬던 것처럼 거울 앞에 섰다. 그는 거기에 있었다. 잘 있나요. 가끔 안부를 묻고 손짓해도 그는 돌아오지 않았다. 그는 거기에 있겠다고 했다.

  나는 아직도 그 사람이 궁금해서 그 집을 찾는다. 민구의 첫 번째 시집에 대한 이야기다. 그의 방은 여전히 그가 사라지기 전의 모습을 하고 있다. 첫 번째 시집으로부터 짧지 않은 시간이 흘렀음에도 어떤 순간에 영원히 멈춰 있는 것처럼. 달라진 것은 사라진 자의 빈자리가 있다는 사실뿐이다. 두 번째 시집은 바로 여기, 거울 앞의 화자 '나'를 비롯하여 이 세계의 수많은 무언가가 사라진 자리에서부터 시작한다. "일 분이 되기 전 영원한 오십구 초"에 머물러 있는 듯한 그 자리에서부터. 그렇기에 "일 분 뒤면 사라질 것같이 굴다가", 또 어쩌면 이미 사라졌다가도 "오랫동안 귓가에 맴"도는 것들을 기억하고, "순간이라고 이름을 붙"일 "아주 짧은 동안"(「일 분이 되기 전 영원한 오십구 초」)의 숨결을 기록하는 것은 이번 시집의 주된 과제다. "한 방울도 남기지 않고/깨끗하게 비운 와인 잔"이라도 "누군가에게는 일 분/때론 일 초 사이에 끝날 한 모금이/아직 찰랑거리고 있었다"(「사이드웨이」)는 말을 증명해 보이겠다는 듯 민구는 아직 남아 있는 한 모금, 즉 사라진 존재들의 흔적을 그러모아 복기하는 것으로 시를 쓴다. 그렇게 모인 시로 가득 찬 와인 한 잔과 같은 두 번째 시집에는 사라진 것의 감각을 다시 환기하려는 시도가 있다. 가볍게 책장을 넘기며 한 모금 머금었을 때 입 안에 남는 맛들 중 가장 선명한 것은 거울 너머로 사라지기 직전의 편지와 같은 '나'의 전언이다.

　　　　우리는 사라지지 않으려고
　　　　그것을 번갈아 들었어

(…)

거울을 들고 있다
사라지지 않으려고
먼저 들키지 않으려고

이사를 하다가 그만
거울을 떨어뜨렸다
유리 파편을 치우며
내가 나를 밟은 것처럼 서러웠다

거울을 놓친 건 너인가 나인가

떠나려는 마음을 들킨 게
누구인지 아시는 분?

네가 기다렸으면 한다

―「거울」부분

여기 '우리'라고 지칭되는 이들이 있다. 거울 속의 '너'와 거울 밖의 '나'. 다른 듯 다르지 않은 '우리'는 서로를 바라볼 수 있는 매개체인 거울을 들고 있다. '우리'가 거울을 드는 이유는 두 가지이다. "사라지지 않으려고", 그리고 "떠나려는 마음"을 "먼저 들키지 않으려"는 까닭에서다. 때문에 거울을 매개로 하여 '우리'가 서로를 바라보던 것은 '나-너'라는 존재 증명을 위한 행위와 다름 아니었다. 그러나 거울을 놓치는 것으로 '우리'의 연결고리가 끊어지면서 '너'는 사라지고 만다. 사실 '우리'는 언제나 서로를 떠나고 싶어 했는지 모른다. '너'는 '너'로, '나'는 '나'로 독립된 주체로서 살아가고 싶었을지도 모른다. 하지만 아이러니하게도 '우리'는 서로가 있어야만 '나/너'라는 존재 확인 또한 가능하다. 그렇기에 민구의 시에서 하나의 주체란 '나'라는 이름으로 성립되는 것이 아니라, '우리'여야만 온전해지는 것이다. '나'는 "유리 파편"과 같이 깨져버린 '우리'의 세계를 다시 이루기 위해 또 다른 거울 앞에 선다. 더 이상 비춰지는 이가 없는 그곳, '너'의 자리로 '나'는 기꺼이 발을 옮긴다. 시의 마지막 문장, "네가 기다렸으면 한다"는 말은 '우리'를 되찾기 위한 '나'의 마지막 바람과도 같다.

거울 너머로 사라진 '나'는 어떤 길을 헤매고 있는 걸까. 모든 걸음을 헤아릴 수는 없지만 그는 '나-너'의 흔적을 짚어보려 오래전의 시간까지 거슬러간다. "내가 태어나기 전에 살던 집"(「슬레이트 지붕이 보이는 해변」)을 기웃거리고, 더 멀리는 "우리 엄마도/할머니의 할머니도/태어나지 않"았던 때, 모두가 "조그만 알 속에 있"었다던 시간까지 건너가보는 것이다. 혹시 알까. 그곳에서 "아무도 보지 못한 알"을 발견할 수도 있을지. "우리 둘의 약속"(「비밀이 있어」)이 깨지지 않은 채로 완전한 울타리 안에 있을지도 모를 일이다. 민구의 시에서 아주 멀리까지 거슬러 올라 사라진 것의 감각을 쥐어보려는 시도는 '나-너'만이 아닌 다른 대상에도 동일하게 적용된다. 가령 「우리」에서 야자는 우리에게 특별한 대상이자 장소(topos)이다. "어디에도 정원은 없었지만" "들뜬 마음으로" 심은 야자가 있어 우리는 "조그만 물고기"를 기르는 기쁨을 알았고, "야자 아래서 사랑을 나누"기도 했다. 여름 폭우에 야자가 떠내려가는 일이 발생하지만, 우리는 야자를 잃지 않았다. "떠내려가지 않은/야자 그늘"이 남아 있기 때문이다. 이처럼 어떤 대상이 사라진 뒤에도 빈자리에서 그것이 남기고 간 것을 감각하며 오래 기억하고자 하는 마음이 민구의 시에는 있다. "빈 새장 안을 날아다"니는 "새가 아닌 것" 또는 "새처럼 보이는 것"(「카나리아」), "첨벙대다가/손바닥에서 사라져버"린 "살아 있는 물고기"(「누군가」), "계절이 지나고 나서야/귓가에 맴"도는 "그림자의 목소리"(「계절」) 등이 모두 빈자리에서 그러모은 흔적들이다. 화자는 사라진 것들의 생(生)의 감각을 주로 몸으로, 피부로 기억한다. 예를 들면 "같이 가자"고 말하는 그림자의 목소리, 그 목소리와 함께 느껴지는 "따뜻한 입김"(「계절」)을 떠올리거나, 죽은 이의 핸드 프린팅에 손을 맞대어보는 사람들을 보며 자신의 손을 만져보기도 하는 것(「핸드 프린팅」)이다. 그리고 그것들을 그만의 방식으로 재현하고자 한다. 그림을 그리거나 글을 쓰는 것으로 아직 오지 않은 계절을 기다리고("하나 남은 검은색 파스텔로/아무도 오지 않는 바다를 그리자//당신의 여름이 기분이거나/기억에서 지우고 싶은 여행지라면/시원한 문장을 골라서 글로 쓸 수 있는데", 「여름」), 어떤 순간 또는 그리운 이를 기억하며 편지를 쓰는 것 ("나는 순간으로 시작되는 문장의 편지를 쓰다가/깨끗이 지우고 드라이플라워를 만지작거렸다/그리고 어제보다 더//좋은 향기가 난다고 적었다", 「일 분이 되기 전 영원한 오십구 초」)으로 타자의 빈자리를 재현하는 것이다. 그 모든 작업을 통틀어 시인이 궁극적으로 행하고자 하는 언어적 재현은 우리 앞에 놓인 이

한 권의 시집이라 할 수 있을 테지만, 시 안에서 사라진 존재를 위한 언어적 재현의 구체적인 행위는 주로 이름을 붙이거나 이름을 기억하는 것과 같이 '이름'에 대한 것으로 이어진다. "심장을 뛰게 할/단 하나의 이름", "네가 아니면 나여도 좋을 이름"(「우나기」)을 고민하고, "서로의 거리를 잊고/각자 어울리는 이름을 새로 지어주자"(「이어달리기」)고 제안하는 식이다. 하지만 수많은 이름을 새롭게 붙여보아도 대체될 수 없는 한 사람이 있다.

　　김민구, 구민구, 독고민구. 나는 아홉 명도 넘는 민구들을 만났지만 서로 민망한 걸 확인한 것처럼 그들과 더 가까워지지 않았다. 누군가 내게 본명이냐고 물을 때나 가명 한번 잘 지었다고 할 때면, 사라진 민구를 찾는 흥신소 직원처럼 거울에 비친 내 얼굴을 만져보았다.

　　만약 신 씨 집안에서 태어났다면 게 맛을 알았을까? 오래전 어머니에게 개명을 해달라고 부탁했었다. 새로 쓸 이름의 후보들을 수첩에 적으며 민구와 이별할 준비를 마쳤지만 그는 오지 않았다. 똑똑해 보이는 민지석 씨가 기다려도, 단단해 보이는 민준기 씨가 여러 번 시계를 쳐다봐도 그는 오지 않았다.

1　　13

그는 거기에 있겠다고 했다. 해안가의 갯강구가 다 사라질 때까지. 하얀 마음 백구가 다시 깊은 잠에 빠져들 때까지.

– 「그는 거기에 있겠다고 했다」 부분

　그는 잘못 부른 이름으로도, 여러 별명으로도 대체되지 않는다. 스스로가 지은 이름일지라도 마찬가지다. 똑똑해 보이고 단단해 보이는 어떤 이름이어도 그는 자신의 자리를 내어줄 생각이 없다. 그는 여전히 거울 속에 있으며, 거기에 있을 것이다. 갯강구가 사라지고 백구가 깊은 잠에 빠져드는 시간이 몇 번이나 반복되더라도. "사라진 민구를 찾는 흥신소 직원처럼 거울에 비친 내 얼굴을 만져보"다가 직접 그 너머로 향한 이가 있다. 사라진 이를 찾아 이별을 고하기 위해서가 아닌, '우리'의 세계를 유지하면서 하나의 이름으로 존재하기 위함이라는 사실이 내게는 위안이 된다. 기억을 걷는 시간 속에서 그가 떠올린 이름들이 손가락 사이로 모두 빠져나가도 '민구'라는 이름 하나만은 남아 있을 것이다. 아주 오래전부터 그 자리에 있던 것처럼, 태어나지 않은 "조그만 알"(「비밀이 있어」)처럼. "누구에게는 일 분/때론 일 초 사이에 끝날"(「사이드웨이」) 것이지만, '영원한 오십

1　　14

구 초'에 머무른 듯 우리 앞에 찰랑거리는 한 모금이 그의 이름이듯이 말이다.

"나는 태어나지 않았지"(「비밀이 있어」)라는 선언은 천천히 균열된다. 시인이 자신의 이름을 호명함으로써, 거기에 있는 그가 자신의 이름을 지켜냄으로써 이름은 알에서 깨어난다. 다시 한 번 생의 감각을 쥐어보는 이름은 이제 "접었다 펼 수 있는 물의 지도"가 되어 어떤 시간 안에서도 그를 안전하게 인도할 것이다. 그럼에도 나는 가끔 책장 앞을 서성일 것 같다. 좋아하는 집들을 둘러보다가 끝내는 그의 집 앞에 설 것만 같다. 슬그머니 문을 열고 아직도 거기에 있나요? 묻고 싶다. 기척과 대답이 없어도 그는 거기에 있을 것이다. 그의 이름이 그 자리에 있다면, 여전히 이름의 일을 하고 있을 것이다. 어느 그늘 아래선가 안부를 전해올 것이다. 당신을 기다리는 마음으로 문을 닫는다.

아침달 시집 19

당신이 오려면 여름이 필요해

1판 1쇄 펴냄 2021년 3월 29일
1판 8쇄 펴냄 2024년 8월 8일

지은이 민구
큐레이터 김소연, 김언, 유계영
편집 송승언, 서윤후, 정채영, 이기리
디자인 정유경, 한유미

펴낸곳 아침달
펴낸이 손문경
출판등록 제2013-000289호
주소 04029 서울시 마포구 양화로7길 83, 5층
전화 02-3446-5238
팩스 02-3446-5208
전자우편 achimdalbooks@gmail.com

© 민구, 2021
ISBN 979-11-89467-24-1 03810

값 12,000원

이 책은 서울특별시, 서울문화재단 '2021년 창작집 발간 지원사업'의 지원을 받아 발간되었습니다.

아침달